हिन्द पॉकेट बुक्स

हमारे राष्ट्रीय पर्व और दिवस

स्वतंत्रता दिवस और 26 जनवरी हमारे राष्ट्रीय पर्व हैं, क्योंकि 15 अगस्त को हमारा देश स्वतंत्र हुआ था और 26 जनवरी के दिन हमारा संविधान देश में लागू हुआ था, लेकिन इनके अलावा भी कई अन्य राष्ट्रीय दिवस हैं, जिन्हें देशभर में मनाया जाता है। इस पुस्तक में इन्हीं राष्ट्रीय पर्व और दिवसों के बारे में बताया गया है, ताकि बच्चे इसे पढ़कर राष्ट्रीय दिवस और त्योहारों के बारे में संपूर्ण जानकारी प्राप्त कर सकें। यह पुस्तक बहुत ही आसान भाषा में है और इसे रोचक ढंग से लिखा गया है, ताकि इसे याद करने में भी आसानी होगी। इसके साथ ही इसमें आकर्षक चित्र भी दिए गए हैं और साथ ही आपकी परीक्षा के लिए प्रश्नोत्तरी, हल कीजिए और अपने ज्ञान की परीक्षा आप स्वयं कीजिए।

लेखक की अन्य पुस्तकें

- हमारे राष्ट्रीय खेल
- हमारा राष्ट्रीय पुष्प कमल
- हमारा राष्ट्रीय पक्षी मोर
- हमारा राष्ट्रीय गीत
- हमारी राष्ट्रीय संस्कृति वैदिक
- हमारा राष्ट्रीय फल आम
- हमारा राष्ट्रीय चिह्न अशोक चक्र
- हमारा राष्ट्रीय वृक्ष बरगद
- हमारी राष्ट्रीय जलचर डॉल्फिन
- हमारी राष्ट्रीय नदी गंगा
- हमारा राष्ट्रीय ग्रंथ गीता
- हमारा राष्ट्रीय पशु बाघ
- हमारे राष्ट्रीय स्मारक
- हमारा राष्ट्रीय ध्वज तिरंगा
- हमारे राष्ट्रीय विरासत स्थल
- हमारी राजभाषा हिन्दी
- हमारे नेशनल पार्क
- लोकप्रिय बाल गीत
- हमारे देशभक्ति गीत
- हमारे राष्ट्रीय गीत
- शहीदों के अमर गीत
- महाभारत की कहानियाँ
- पुराणों की कहानियाँ
- रामायण की कहानियाँ
- बेताल पचीसी, दो भागों में
- महापुरुषों का बचपन
- महाराणा प्रताप
- बहादुर बेटी मलाला

सुरुचिपूर्ण एवं प्रेरणादायक सचित्र जानकारियाँ

हमारे राष्ट्रीय पर्व और दिवस

तेजपाल सिंह धामा

हिन्द पॉकेट बुक्स
पेंगुइन रैंडम हाउस इम्प्रिंट

हिन्द पॉकेट बुक्स

यूएसए | कनाडा | यूके | आयरलैंड | ऑस्ट्रेलिया | सिंगापुर
न्यू ज़ीलैंड | भारत | दक्षिण अफ्रीका | चीन

हिन्द पॉकेट बुक्स, पेंगुइन रैंडम हाउस ग्रुप ऑफ़ कम्पनीज़ का हिस्सा है,
जिसका पता global.penguinrandomhouse.com पर मिलेगा

पेंगुइन रैंडम हाउस इंडिया प्रा. लि.,
चौथी मंजिल, कैपिटल टावर -1, एम जी रोड,
गुड़गांव 122 002, हरियाणा, भारत

पेंगुइन
रैंडम हाउस
इंडिया

प्रथम हिन्दी संस्करण हिन्द पॉकेट बुक्स द्वारा 2014 में प्रकाशित
यह हिन्दी संस्करण हिन्द पॉकेट बुक्स में पेंगुइन रैंडम हाउस द्वारा 2022 में प्रकाशित

10 9 8 7 6 5 4 3 2

इस पुस्तक में व्यक्त विचार लेखक के अपने हैं, जिनका यथासंभव तथ्यात्मक
सत्यापन किया गया है, और इस संबंध में प्रकाशक एवं सहयोगी
प्रकाशक किसी भी रूप में उत्तरदायी नहीं हैं।

ISBN 9789353491444

मुद्रकः रेप्रो इंडिया लिमिटेड

www.penguin.co.in

FSC www.fsc.org
MIX
Paper from
responsible sources
FSC® C047271

This is a legitimate digitally printed version of the book and therefore might not
have certain extra finishing on the cover.

क्रम

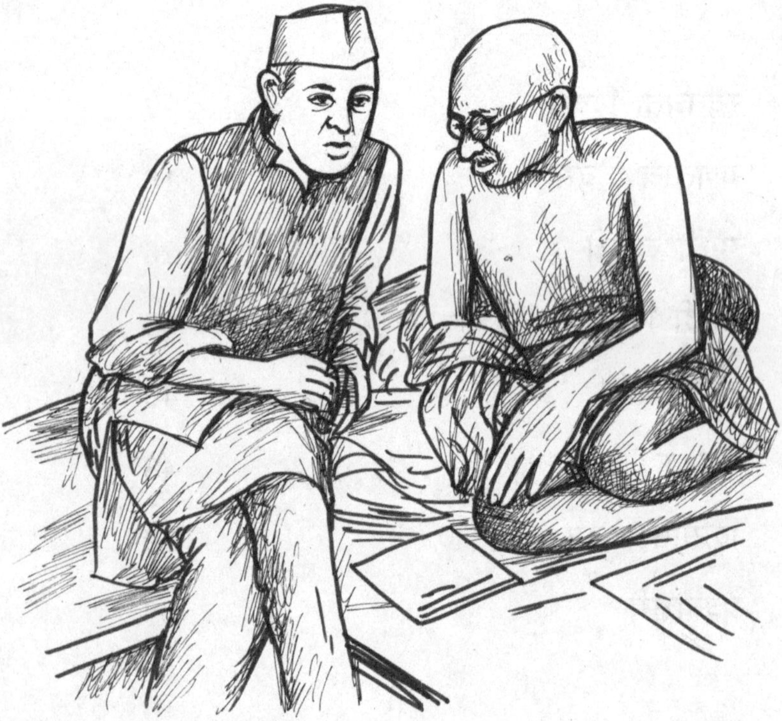

स्वतंत्रता दिवस

15 अगस्त 1947 को भारत के निवासियों ने लाखों कुर्बानियाँ देकर ब्रिटिश शासन से स्वतंत्रता प्राप्त की थी। यह राष्ट्रीय पर्व भारत के गौरव का प्रतीक है। इसी महान दिन की याद में भारत के प्रधानमंत्री प्रत्येक वर्ष लाल किले की प्राचीर पर राष्ट्रीय ध्वज तिरंगा फहराकर देश को सम्बोधित करते हैं।

यह एक ऐसा दिन है जब हम अपने महान राष्ट्रीय नेताओं और स्वतंत्रता सेनानियों को अपनी श्रद्धांजलि देते हैं, जिन्होंने विदेशी नियंत्रण से भारत को आजाद कराने के लिए सर्वस्व बलिदान दिए।

भारत के प्रथम प्रधानमंत्री पंडित जवाहर लाल नेहरु ने पहली बार 15 अगस्त 1947 को लाल किले पर तिरंगा झण्डा फहराया। उसी दिन से हर वर्ष 15 अगस्त को स्वतंत्रता दिवस मनाया जाता है।

राज्य स्तर पर विशेष स्वतंत्रता दिवस कार्यक्रम आयोजित किए जाते हैं, जिसमें झण्डा फहराने के आयोजन, मार्च पास्ट और सांस्कृतिक कार्यक्रम शामिल किए जाते हैं। इन आयोजनों को राज्यों की राजधानियों में आयोजित किया जाता है और मुख्यमंत्री इन कार्यक्रमों की अध्यक्षता करते हैं। छोटे पैमानों पर शैक्षिक संस्थानों, आवास

संघों, सांस्कृतिक केन्द्रों और राजनीतिक संगठनों द्वारा भी कार्यक्रम आयोजित किए जाते हैं।

भारत की आजादी की कहानी लंबी और संघर्षपूर्ण रही है। यदि हम इसके इतिहास में जाएँ तो सन 1857 के प्रथम स्वतंत्रता संग्राम के महायज्ञ का प्रारम्भ मंगल पांडे के विद्रोह में शुरू हुआ। अपने प्राणों को भारत माता की बलि वेदी पर मंगल पांडे ने न्यौछावर किया। देखते ही देखते यह चिंगारी एक महासंग्राम में बदल गई जिसमें झांसी की रानी लक्ष्मीबाई, तात्यां टोपे, नाना साहेब, सरफरोशी की तमन्ना लिए रामप्रसाद बिस्मिल, अशफाक, चंद्रशेखर आजाद, भगत सिंह, राजगुरु, सुखदेव आदि देश के लिए शहीद हो गए। तिलक ने स्वराज्य हमारा जन्मसिद्ध अधिकार है का नारा दिया और सुभाष चंद्र बोस ने कहा था, तुम मुझे खून दो, मैं तुम्हें आजादी दूँगा।

अहिंसा की नीति और ब्रिटिश शासन से असहयोग को लेकर महात्मा गाँधी और गुलामी की जंजीरों को तोड़ने के लिए लौह पुरुष सरदार पटेल जैसे महापुरुषों ने कमर कस ली। 100 वर्षों के लम्बे संघर्ष के बाद 15 अगस्त 1947 को भारत को स्वतंत्रता का वरदान मिला। भारत की आजादी का संग्राम बल से नहीं वरन सत्य और अहिंसा के सिद्धांत के आधार पर विजित किया गया। इतिहास में भारतीय स्वतंत्रता का संघर्ष एक अनोखा और अनूठा अभियान रहा जिसे विश्व भर में प्रशंसा मिली।

15 अगस्त 1947 को भारतवर्ष हिन्दुस्तान तथा पाकिस्तान दो हिस्सों में बँटकर स्वतंत्र हुआ था। पंडित जवाहर लाल नेहरु ने 15 अगस्त 1947 को लाल किले पर तिरंगा झण्डा फहराया। उसी दिन से हर वर्ष 15 अगस्त को स्वतंत्रता दिवस मनाया जाता है। सरकारी

इमारतों पर तिरंगा झण्डा फहराया जाता है तथा रोशनी की जाती है।

प्रधानमंत्री प्रातः 7 बजे लाल किले पर झण्डा लहराते हैं और अपने देशवासियों को देश की नीति पर भाषण देते हैं। हजारों लोग उनका भाषण सुनने के लिए लाल किले पर जाते हैं। स्कूलों में भी स्वतंत्रता दिवस मनाया जाता है और बच्चों में मिठाइयाँ भी बाँटी जाती हैं। 14 अगस्त को रात्रि 8 बजे राष्ट्रपति अपने देश वासियों को सन्देश देते हैं, जिसका रेडियो तथा टेलीविजन पर प्रसारण किया जाता है।

बच्चो! यदि हम इतिहास का अवलोकन करें तो, 14 अगस्त 1947 को रात को 11.00 बजे संघटक सभा द्वारा भारत की स्वतंत्रता को मनाने की एक बैठक आरंभ हुई, जिसमें अधिकार प्रदान किए जा रहे थे। जैसे ही रात के 12.00 बजे, भारत को आजादी मिल गई और भारत एक स्वतंत्र देश बन गया। तत्कालीन स्वतंत्र भारत के प्रथम प्रधानमंत्री पंडित जवाहरलाल नेहरु ने अपना प्रसिद्ध भाषण नियति के साथ भेंट दिया, जो इस प्रकार है –

"बहुत वर्ष हुए, हमने भाग्य से एक सौदा किया था और अब अपनी प्रतिज्ञा पूरी करने का समय आ गया है। पूरी तौर पर या जितनी चाहिए उतनी तो नहीं, फिर भी काफी हद तक। जब आधी

रात के घंटे बजेंगे, जबकि सारी दुनिया सोती होगी, उस समय भारत जागकर जीवन और स्वतंत्रता प्राप्त करेगा। एक ऐसा क्षण होता है, जो कि इतिहास में कम ही आता है, जबकि हम पुराने को छोड़कर नए जीवन में पग धरते हैं, जबकि एक युग का अंत होता है, जबकि राष्ट्र की चिर दलित आत्मा उद्धार प्राप्त करती है।

यह उचित है कि इस गंभीर क्षण में हम भारत और उसके लोगों

और उससे भी बढ़कर मानवता के हित के लिए सेवा-अर्पण करने की शपथ लें।

"इतिहास के उषाकाल में भारत ने अपनी अनंत खोज आरंभ की। दुर्गम सदियाँ उसके उद्योग, उसकी विशाल सफलता और उसकी असफलताओं से भरी मिलेंगी। चाहे अच्छे दिन रहे हों, चाहे बुरे, उसने इस खोज को आँखों से ओझल नहीं होने दिया। न उन आदर्शों को ही भुलाया, जिनसे उसे शक्ति प्राप्त हुई। आज हम दुर्भाग्य की एक अवधि पूरी करते हैं और भारत ने अपने आप को फिर पहचाना है। जिस कीर्ति पर हम आज आनंद मना रहे हैं, वह और भी बड़ी कीर्ति और आने वाली विजयों की दिशा में केवल एक पग है और आगे के लिए अवसर देने वाली है। इस अवसर को ग्रहण करने और भविष्य की चुनौती स्वीकार करने के लिए क्या हममें काफी साहस और काफी बुद्धि है?

"स्वतंत्रता और शक्ति जिम्मेदारी लाती है। वह जिम्मेदारी इस सभा पर है, जो कि भारत के संपूर्ण सत्ताधारी लोगों का प्रतिनिधित्व करने वाली संपूर्ण सत्ताधारी सभा है। स्वतंत्रता के जन्म से पहले हमने प्रसव की सारी पीड़ाएँ सहन की हैं और हमारे हृदय इस दुःख की स्मृति से भरे हुए हैं। इनमें से कुछ पीड़ाएँ अब भी चल रही हैं। फिर भी, अतीत समाप्त हो चुका है और अब भविष्य हमारा आह्वान कर रहा है।

"यह भविष्य आराम करने और दम लेने के लिए नहीं है, बल्कि निरंतर प्रयत्न करने के लिए है, जिससे कि हम उन प्रतिज्ञाओं को, जो हमने इतनी बार की हैं और उसे जो आज कर रहे हैं, पूरा कर सकें। भारत की सेवा का अर्थ करोड़ों पीड़ितों की सेवा है। इसका अर्थ दरिद्रता और अज्ञान और अवसर की विषमता का अंत करना

है। हमारी पीढ़ी के सबसे बड़े आदमी की यह आकांक्षा रही है कि प्रत्येक आँख के प्रत्येक आँसू को पोंछ दिया जाए। ऐसा करना हमारी शक्ति से बाहर हो सकता है, लेकिन जब तक आँसू हैं और पीड़ा है, तब तक हमारा काम पूरा नहीं होगा। इसलिए हमें काम करना है और परिश्रम से करना है, जिससे कि हमारे स्वप्न पूरे हों। ये स्वप्न भारत के हैं, लेकिन ये संसार के लिए भी हैं, क्योंकि आज सभी राष्ट्र और लोग आपस में एक-दूसरे से इस तरह गुँथे हुए हैं कि कोई भी बिलकुल अलग होकर रहने की कल्पना नहीं कर सकता। शांति के लिए कहा गया है कि वह अविभाज्य है। स्वतंत्रता भी ऐसी ही है और अब समृद्धि भी ऐसी है और इस संसार में, जिसका अलग-अलग टुकड़ों में विभाजन संभव नहीं, संकट भी ऐसा ही है।

"भारत के लोगों से, जिनके हम प्रतिनिधि हैं, हम अनुरोध करते हैं कि विश्वास और निश्चय के साथ वे हमारा साथ दें। यह क्षुद्र और विनाशक आलोचना का समय नहीं है, असद्भावना या दूसरों पर आरोप लगाने का भी समय नहीं है।

हमें स्वतंत्र भारत की विशाल इमारत का निर्माण करना है, जिसमें आपकी संतानें रह सकें। महोदय मैं यह प्रस्ताव उपस्थित करने की आज्ञा चाहता हूँ। यह निश्चय हो कि –

1. आधी रात के अंतिम घंटे के बाद, इस अवसर पर उपस्थित संविधान सभा के सभी सदस्य यह शपथ लें – 'इस पवित्र क्षण में जबकि भारत के लोगों ने दुःख झेलकर और त्याग करके स्वतंत्रता प्राप्त की है, मैं, जो कि भारत की संविधान सभा का सदस्य हूँ, पूर्ण विनयपूर्वक भारत और उसके निवासियों की सेवा के प्रति, अपने को इस उद्देश्य से अर्पित करता हूँ कि यह प्राचीन

भूमि संसार में अपना उपयुक्त स्थान ग्रहण करे और संसार व्यापी शांति और मनुष्य मात्र के कल्याण के निमित्त अपना पूरा और इच्छापूर्ण अनुदान प्रस्तुत करे।'

2. जो सदस्य इस अवसर पर उपस्थित नहीं हैं, वे यह शपथ (ऐसे शाब्दिक परिवर्तनों के साथ जो कि सभापति निश्चित करें) उस समय लें, जबकि वे अगली बार इस सभा के अधिवेशन में उपस्थित हों।

आज भी स्वतंत्रता दिवस समीप आते ही चारों ओर खुशियां फैल जाती है। सभी प्रमुख शासकीय भवनों को रोशनी से सजाया जाता है। तिरंगा झण्डा घरों तथा अन्य भवनों पर फहराया जाता है। स्वतंत्रता दिवस, 15 अगस्त एक राष्ट्रीय अवकाश है, इस दिन का अवकाश प्रत्येक नागरिक को बहादुर स्वतंत्रता सेनानियों द्वारा किए गए बलिदान को याद करके मनाना चाहिए।

स्वतंत्रता दिवस के एक सप्ताह पहले से ही विशेष प्रतियोगिताओं और कार्यक्रमों के आयोजन द्वारा देश भक्ति की भावना को प्रोत्साहन दिया जाता है। रेडियो स्टेशनों और टेलीविजन चैनलों पर इस विषय से संबंधित कार्यक्रम प्रसारित किए जाते हैं। शहीदों की कहानियों के बारे में फिल्में दिखाई जाती हैं और राष्ट्रीय भावना से संबंधित कहानियां और रिपोर्ट प्रकाशित की जाती है।

राष्ट्रपति द्वारा स्वतंत्रता दिवस की पूर्व संध्या पर राष्ट्र के नाम संदेश प्रसारित किया जाता है। इसके बाद अगले दिन लाल किले से तिरंगा झण्डा फहराया जाता है।

स्वतंत्रता दिवस का एक और प्रतीक पतंग उड़ाने का खेल है।

आकाश में ढेर सारी पतंगें दिखाई देती हैं, लोग अपनी-अपनी छतों से पतंग उड़ा कर भारत की स्वतंत्रता का समारोह मनाते हैं। अलग-अलग प्रकार, आकार और रंगों की पतंगों तथा तिरंगे बाजार में उपलब्ध हैं। इस दिन पतंग उड़ाकर अपने संघर्ष के कौशलों का प्रदर्शन किया जाता है। स्कूलों और संस्थाओं द्वारा प्रातः ही प्रभातफेरी निकाली जाती हैं, जिनमें बच्चे, युवक और बूढ़े देशभक्ति के गीत गाते हैं और उन वीरों की याद में नुक्कड़ नाटक और प्रशंसा गान प्रस्तुत करते हैं।

गणतन्त्र दिवस

गणतन्त्र दिवस भारत का एक राष्ट्रीय पर्व है, जो प्रति वर्ष 26 जनवरी को मनाया जाता है। इसी दिन सन 1950 को भारत का संविधान लागू किया गया था।

दिसम्बर 1927 के मद्रास अधिवेशन में जवाहर लाल नेहरु ने पूर्ण स्वराज्य का प्रस्ताव रखा। उस समय गांधी वहां नहीं थे। गांधी इस प्रस्ताव को पसंद करते हैं या नहीं कोई नहीं जानता था। इसलिए किसी भी नेता ने इसके पक्ष या विपक्ष में कुछ नहीं बोला। इस प्रकार बिना विचार हुए ही प्रस्ताव पारित हुआ।

जवाहर लाल नेहरु जी को इससे बड़ा दुःख हुआ। यह तो पारित न होने के ही बराबर था। इसके कुछ ही दिन बाद जवाहर लाल नेहरु को गांधी का 4 जनवरी 1928 का लिखा पत्र मिला, जिसमें लिखा था कि तुम बहुत ही तेज जा रहे हो...तुमने जो प्रस्ताव तैयार किए और पास कराए, उनमें से अधिकांश के लिए एक साल की देर थी। फलतः इसके बाद 3 मई 1928 को सुभाष चन्द्र बोस ने भी महाराष्ट्र प्रांतीय सम्मेलन पूना में अपने अध्यक्षीय भाषण में पूर्ण स्वातंत्र्य का उद्‌घोष कर दिया।

दिसम्बर 1928 में कोलकाता अधिवेशन में गांधी जी ने प्रस्ताव रखा कि दिसम्बर 1929 तक यदि ब्रिटिश सरकार भारत को औपनिवेशिक स्वराज्य का दर्जा नहीं देती तो कांग्रेस एक अहिंसक असहयोग आंदोलन शुरू कर देगी।

सुभाष चन्द्र बोस ने इस प्रस्ताव में औपनिवेशिक स्वराज्य के स्थान पर संशोधन पेश किया कि कांग्रेस पूर्ण स्वराज्य से कम किसी भी दर्जे से संतुष्ट न होगी। इस संशोधन पर मतदान हुआ। संशोधन के पक्ष में 973 तथा विपक्ष में 1350 मत पड़े, फलतः संशोधन गिर गया। इसका सीधा अर्थ था कि तब तक कांग्रेस के 973 अखिल भारतीय प्रतिनिधि पूर्ण स्वराज्य के पक्ष में हो चुके थे।

डॉ. हेडगेवार भी इस अधिवेशन में मध्य प्रांत की कांग्रेस कार्यकारिणी के सदस्य के नाते उपस्थित थे। स्वाभाविक ही उन्होंने भी इस संशोधन के पक्ष में पर्याप्त प्रयास किया होगा। सुभाषचन्द्र बोस से उनका लम्बा विचार-विमर्श भी इसी अधिवेशन के दौरान बाबा राव सावरकर की उपस्थिति में हुआ था।

ऐसा कहा जाता है कि बहुमत इस संशोधन के पक्ष में ही था, लेकिन गांधी जी के समर्थकों ने प्रचार किया था कि यदि यह संशोधन पास हो गया तो गांधी जी कांग्रेस छोड़ देंगे। इस प्रचार के कारण दुर्बलमन से कांग्रेसी संशोधन के पक्ष में खड़े होने का साहस नहीं जुटा पाए और सुभाष चन्द्र बोस का संशोधन गिर गया। सुभाष ने स्पष्ट आरोप लगाया था कि मतदान यदि ईमानदारी व स्वतंत्रता से कराया जाता तो संशोधन कदापि न गिरता।

कांग्रेस के लक्ष्य के शुद्धिकरण का यह तीसरा प्रयास था। सुभाष चन्द्र बोस और गांधी जी का मतभेद इस प्रस्ताव से ही आरंभ हुआ

था। आश्चर्य की बात यह है कि स्वराज्य में ही विशुद्ध स्वातंत्र्य का समावेश हो जाता है।

1920 में भी ऐसा करने वाले गांधी जी ने ही औपनिवेशिक स्वराज्य का प्रस्ताव रखा और इतना ही नहीं, मतदान के समय उसे निजी प्रतिष्ठा का प्रश्न भी बना लिया। इससे यह सिद्ध होता है कि स्वराज्य की अवधारणा के बारे में गांधी जी स्वयं ही स्पष्ट नहीं थे।

अंग्रेजों ने भारत को औपनिवेशिक दर्जा न देना था, न दिया। वे तो इसे लॉलीपॉप के रूप में कांग्रेस नेताओं को दिखाकर अपना उल्लू सीधा कर रहे थे। एक वर्ष बीतने को आ रहा था। कलकत्ता प्रस्ताव के अनुसार अहिंसक असहयोग आंदोलन चलाने के सिवाय कोई चारा न था। परंतु आंदोलन की प्रेरणा क्या होगी? लोग आंदोलन में क्यों शामिल होंगे? क्या औपनिवेशिक स्वराज्य के लिए? लेकिन नई पीढ़ी तो इसके पूर्णतः विरुद्ध हो चुकी थी।

पुरानी पीढ़ी के भी अधिकांश लोग इसे भारत के लिए अपमान जैसा मानने लगे थे। महात्मा गांधी और मोतीलाल नेहरु जैसे कुछ वरिष्ठ लोग ही बचे थे, जो अभी तक इससे चिपके हुए थे। लेकिन इनके पास भी औपनिवेशिक स्वराज्य के पक्ष में और पूर्ण स्वराज्य के विरोध में ऐसे तर्क नहीं थे, जिनसे वे लोगों के गले में उतार सकें।

इसके विपरीत पूर्ण स्वराज्य अथवा पूर्ण स्वातंत्र्य कहने पर किसी तर्क की आवश्यकता ही नहीं थी, क्योंकि वह जन-जन की स्वाभाविक आकांक्षा थी।

ब्रिटेन के ताज की छत्र छाया में रहने वाला राज्य स्वराज्य कैसे हो सकता है? इस प्रश्न का उत्तर वरिष्ठजन दे नहीं पाते थे। उन्हें लगने लगा कि उनकी वरिष्ठता का प्रभा मंडल अब सिकुड़ने लगा है,

वह प्रभावहीन होता जा रहा है। अतः मजबूर होकर उन्हें अपना हठ छोड़ना पड़ा।

एक और घटना ने भी गांधी जी को अपनी अवधारणा बदलने के लिए बाध्य कर दिया। 9 अप्रैल 1929 को भगत सिंह और बटुकेश्वर दत्त ने केन्द्रीय असेम्बली में बम का धमाका कर दिया। स्वराज्य से पूर्ण स्वराज्य अथवा पूर्ण स्वतंत्रता तक की यह यात्रा नौ वर्ष में पूरी हुई। यदि कांग्रेस 1920 में नागपुर अधिवेशन के समय ही पूर्ण स्वतंत्रता के लक्ष्य को अपना लेती तो देश का इतिहास कुछ और ही होता।

31 दिसम्बर की अर्धरात्रि को रावी के तट पर पूर्ण स्वतंत्रता की शपथ ली गई। स्वाभाविक ही इसकी सर्वाधिक प्रसन्नता जिसको हुई, वे थे डॉ. हेडगेवार।

अतः डॉक्टर जी ने सभी संघ शाखाओं को एक परिपत्र भेजा। उसमें लिखा था – इस वर्ष कांग्रेस का ध्येय पूर्ण स्वतंत्रता निश्चित हो जाने के कारण कांग्रेस वर्किंग कमेटी ने घोषणा की है कि रविवार 26 जनवरी 1930 हिन्दुस्थान भर में स्वतंत्रता दिवस के रूप में मनाया जाए।

अखिल भारतीय राष्ट्रीय सभा ने अपना स्वतंत्रता का ध्येय स्वीकार किया है, यह देखकर अपने को अत्यानंद होना स्वाभाविक है। वह ध्येय अपने सामने रखने वाली किसी भी संस्था के साथ सहयोग करना अपना कर्तव्य है। अतः राष्ट्रीय स्वयंसेवक संघ की सब शाखाएं रविवार दिनांक 26 जनवरी 1930 को सायंकाल ठीक 6 बजे अपने संघ स्थान पर शाखा के सभी स्वयंसेवकों की सभा करके आर्य ध्वज अर्थात् भगवे झंडे का वंदन करें।

व्याख्यान के रूप में स्वतंत्रता की कल्पना तथा प्रत्येक को यही ध्येय अपने सामने क्यों रखना चाहिए, यह विशद करके बताएं और कांग्रेस के द्वारा स्वतंत्रता के ध्येय का पुरस्कार करने के लिए अभिनंदन का समारोह पूरा करें।

तद्नुसार सभी शाखाओं में स्वतंत्रता दिवस मनाया गया था। पोवाडे, शोभायात्रा, व्याख्यान तथा श्रद्धानंद साप्ताहिक में से स्वतंत्रता विषयक लेखों का वाचन एवं वंदे मातरम् का उद्घोष आदि भिन्न-भिन्न प्रकार के कार्यक्रम इस अवसर पर हुए थे।

उस दिन से 1947 में स्वतंत्रता प्राप्त होने तक 26 जनवरी स्वतंत्रता दिवस के रूप में मनाया जाता रहा। तदनंतर, स्वतंत्रता प्राप्ति के वास्तविक दिन 15 अगस्त को स्वतंत्रता दिवस के रूप में स्वीकार किया गया।

आजादी मिलने के बाद तत्कालीन सरकार ने देश के संविधान को फिर से परिभाषित करने की जरूरत महसूस की और संविधान सभा का गठन किया, जिसकी अध्यक्षता डॉ. भीमराव अम्बेडकर को मिली। 25 नवम्बर, 1949 को 211 विद्वानों द्वारा 2 साल 11 महीने और 18 दिन में तैयार देश के संविधान को मंजूरी मिली।

24 जनवरी, 1950 को सभी सांसदों और विधायकों ने इस पर हस्ताक्षर किए और इसके दो दिन बाद यानी 26 जनवरी 1950 को संविधान लागू कर दिया गया। इस अवसर पर डॉ. राजेन्द्र प्रसाद ने भारत के प्रथम राष्ट्रपति के रूप में शपथ ली तथा 21 तोपों की सलामी के बाद इर्विन स्टेडियम में भारतीय राष्ट्रीय ध्वज-तिरंगा को फहराकर भारतीय गणतंत्र के ऐतिहासिक जन्म की घोषणा की थी। 26 जनवरी का महत्त्व बनाए रखने के लिए विधान निर्मात्री सभा

(कांस्टीट्यूएंट असेंबली) द्वारा स्वीकृत संविधान में भारत के गणतंत्र स्वरूप को मान्यता प्रदान की गई। इस तरह से 26 जनवरी एक बार फिर सुर्खियों में आ गया। यह एक संयोग ही था कि कभी भारत का पूर्ण स्वराज दिवस के रूप में मनाया जाने वाला दिन अब भारत का गणतंत्र दिवस बन गया था। अंग्रेजों के शासनकाल से छुटकारा पाने के 894 दिन बाद हमारा देश स्वतंत्र राष्ट्र बना।

गणतंत्र दिवस समारोह 26 जनवरी को भारत के राष्ट्रपति द्वारा भारतीय राष्ट्र ध्वज को फहराया जाता है और इसके बाद सामूहिक रूप में खड़े होकर राष्ट्रगान गाया जाता है। गणतंत्र दिवस को पूरे देश में विशेष रूप से राजधानी दिल्ली में बहुत उत्साह के साथ मनाया जाता है।

इस अवसर के महत्व को चिह्नित करने के लिए हर साल एक भव्य परेड को इंडिया गेट से राष्ट्रपति भवन (राष्ट्रपति के निवास) तक राजपथ पर राजधानी, नई दिल्ली में आयोजित किया जाता है। इस भव्य परेड में भारतीय सेना के विभिन्न रेजिमेंट, वायुसेना, नौसेना आदि सभी भाग लेते हैं।

इस समारोह में भाग लेने के लिए देश के सभी हिस्सों से राष्ट्रीय कैडेट कोर व विभिन्न विद्यालयों से बच्चे आते हैं, समारोह में भाग लेना एक सम्मान की बात होती है। परेड प्रारंभ करते हुए प्रधानमंत्री अमर जवान ज्योति (सैनिकों के लिए एक स्मारक) जो राजपथ के एक छोर पर इंडिया गेट पर स्थित है पर पुष्प माला चढ़ाते हैं। इसके बाद शहीद सैनिकों की स्मृति में दो मिनट मौन रखा जाता है। यह देश की संप्रभुता की रक्षा के लिए युद्ध व स्वतंत्रता आंदोलन में देश के लिए बलिदान देने वाले शहीदों का स्मारक है।

इसके बाद प्रधानमंत्री, अन्य व्यक्तियों के साथ राजपथ पर स्थित मंच तक आते हैं। राष्ट्रपति बाद में इस पावन अवसर के मुख्य अतिथि के साथ आते हैं।

परेड में विभिन्न राज्यों की शानदार प्रदर्शनी भी प्रस्तुत की जाती है। प्रदर्शनी में हर राज्य के लोगों की विशेषता, उनके लोक गीत व कला का दृश्यचित्र प्रस्तुत किया जाता है, हर प्रदर्शनी भारत की विविधता व सांस्कृतिक समृद्धि प्रदर्शित करती है। परेड और जुलूस राष्ट्रीय टेलीविजन पर प्रसारित होता है और देश के हर कोने में करोड़ों दर्शकों द्वारा देखा जाता है।

गणतंत्र दिवस का आयोजन कुल मिलाकर तीन दिनों का होता है। 27 जनवरी को इंडिया गेट पर इस आयोजन के बाद प्रधानमंत्री की रैली में एन.सी.सी. कैडेट्स द्वारा चौंका देने वाले प्रदर्शन और ड्रिल प्रस्तुत किए जाते हैं।

सात क्षेत्रीय सांस्कृतिक केन्द्रों के साथ मिलकर संस्कृति मंत्रालय, भारत सरकार द्वारा हर वर्ष 24 से 29 जनवरी के बीच "लोक तरंग राष्ट्रीय लोक नृत्य समारोह" आयोजित किया जाता है। इस आयोजन में लोगों को देश के विभिन्न भागों से आए रंग-बिरंगे और चमकदार और वास्तविक लोक नृत्य देखने का अनोखा अवसर मिलता है।

बीटिंग द रिट्रीट गणतंत्र दिवस आयोजनों का आधिकारिक रूप से समापन घोषित करता है। सभी महत्वपूर्ण सरकारी भवनों को 26 जनवरी से 29 जनवरी के बीच रोशनी से सुंदरतापूर्वक सजाया जाता है। हर वर्ष 29 जनवरी की शाम को अर्थात् गणतंत्र दिवस के बाद अर्थात गणतंत्र की तीसरे दिन बीटिंग द रिट्रीट आयोजन किया जाता है। यह आयोजन तीन सेनाओं के एक साथ मिलकर सामूहिक बैंड वादन से

आरंभ होता है, जो लोकप्रिय मार्चिंग धुनें बजाते हैं। ड्रमर भी एकल प्रदर्शन (जिसे ड्रमर्स कॉल कहते हैं) करते हैं। ड्रमर्स द्वारा एबाइडिड विद मी (यह महात्मा गाँधी की प्रिय धुनों में से एक कही जाती है) बजाई जाती है और ट्यूबुलर घंटियों द्वारा चाइम्स बजाई जाती हैं, जो काफी दूरी पर रखी होती हैं और इससे एक मनमोहक दृश्य बनता है। इसके बाद रिट्रीट का बिगुल वादन होता है, जब बैंड मास्टर राष्ट्रपति के समीप जाते हैं और बैंड वापिस ले जाने की अनुमति मांगते हैं। तब सूचित किया जाता है कि समापन समारोह पूरा हो गया है। बैंड मार्च वापस जाते समय लोकप्रिय धुन सारे जहाँ से अच्छा बजाते हैं। ठीक शाम 6 बजे बगलर्स रिट्रीट की धुन बजाते हैं और राष्ट्रीय ध्वज को उतार लिया जाता है तथा राष्ट्रगान गाया जाता है और इस प्रकार गणतंत्र दिवस के आयोजन का औपचारिक समापन होता है।

गांधी जयंती

गांधी जयंती भी हमारा राष्ट्रीय पर्व है। बच्चो, हम आज एक बच्चे के बचपन का सुनहरा प्रसंग सुनाते हैं, जिनका जन्म दिवस राष्ट्रीय पर्व के रूप में मान्यता प्राप्त है। करीब सौ वर्ष पहले की बात है। एक दिन शिक्षा-विभाग के इन्स्पेक्टर जाइल्स विद्यालय का निरीक्षण करने आए थे। उन्होंने पहली कक्षा के विद्यार्थियों को अंग्रेजी के पांच शब्द लिखाए।

उनमें एक शब्द 'केटल' था। एक बालक ने उसके हिज्जे गलत लिखे थे। शिक्षक ने अपने बूट की नोंक मारकर उसे सावधान किया।

लेकिन वह बालक क्यों सावधान होने लगा? उसे यह ख्याल ही नहीं रहा कि शिक्षक उसे पास वाले लड़के की पट्टी देखकर हिज्जे सुधार लेने को कह रहे हैं। उसने यह माना था कि शिक्षक तो यह देख रहे हैं कि हम एक-दूसरे की पट्टी में देखकर चोरी न करें। सब लड़कों के पांचों शब्द सही निकले और अकेला वह बालक ही बेवकूफ ठहरा।

शिक्षक ने उसे उसकी बेवकूफी बाद में समझाई, "तुमने नकल क्यों नहीं की?"

"मैं सत्य में विश्वास रखता हूँ। जितना मुझे आता है उतना ही

लिखा है और अधिक लिखने के लिए अब आगे से अधिक पढ़ाई करूंगा।"

इस प्रकार अध्यापक के उकसाने पर भी वह दूसरे लड़कों की पट्टी में देखकर चोरी करना कभी सीख न सका। यह बालक थे मोहनदास कर्मचंद गांधी, जो बाद में देश के राष्ट्रपिता बने।

महात्मा गांधी का जन्म 2 अक्टूबर 1869 ई. को गुजरात के पोरबंदर नामक स्थान पर हुआ था। उनके माता-पिता धर्मनिष्ठ हिन्दू थे। इनके पिता का नाम करमचंद गाँधी था।

मोहनदास की माता का नाम पुतलीबाई था, जो करमचंद गांधी जी की चौथी पत्नी थीं। मोहनदास अपने पिता की चौथी पत्नी की अन्तिम संतान थे।

उनके पिता करमचंद (कबा गांधी) पहले ब्रिटिश शासन के तहत पश्चिमी भारत के गुजरात राज्य में एक छोटी-सी रियासत की राजधानी पोरबंदर के दीवान थे और बाद में क्रमशः राजकोट (काठियावाड़) और वांकानेर में दीवान रहे।

करमचंद गांधी ने बहुत अधिक औपचारिक शिक्षा तो प्राप्त नहीं की थी, लेकिन वह एक कुशल प्रशासक थे और उन्हें सनकी राजकुमारों, उनकी दुःखी प्रजा तथा सत्ताधारी कट्टर ब्रिटिश राजनीतिक अधिकारियों के बीच अपना रास्ता निकालना आता था।

उन्होंने अपने बचपन की एक घटना को बड़े ही सजीव ढंग से लिखा है, तो चलिए पढ़ें बापू जी का बचपन उनके ही शब्दों में –

"मेरे एक रिश्तेदार के साथ मुझे बीड़ी-सिगरेट पीने का चस्का लगा। हमारे पास पैसे तो होते नहीं थे। हम दोनों में से किसी को

यह पता नहीं था कि सिगरेट पीने से कोई फायदा होता है या उसकी गंध में कोई आनंद होता है। लेकिन हमें लगा कि सिगरेट का धुआं उड़ाने में ही असली आनंद है। मेरे चाचा को सिगरेट पीने की लत थी। उन्हें और दूसरे बुजुर्गों को धुआं उड़ाते देख हमारी भी सिगरेट

फूंकने की इच्छा हुई। गांठ में पैसे तो थे नहीं, इसलिए चाचा सिगरेट पीने के बाद जो ठूंठ फेंक देते, हमने उन्हें ही चुरा कर पीना शुरू कर दिया।

लेकिन सिगरेट के ये ठूंठ हर समय तो मिल नहीं सकते थे और इनमें से धुआं भी बहुत नहीं निकलता था। इसलिए नौकर की जेब में पड़े पैसों में से एकाध पैसा चुराने की आदत डाली और इन पैसों से हम बीड़ी खरीदने लगे। लेकिन अब सवाल पैदा हुआ कि उसे संभाल कर रखें कहां? हम जानते थे कि बुजुर्गों की निगाह के सामने तो हम बीड़ी-सिगरेट पी ही नहीं सकते। जैसे-तैसे दो चार पैसे चुरा कर कुछ हफ्ते काम चलाया। इस बीच पता चला कि एक तरह का पौधा होता है (उसका नाम तो मैं भूल ही गया हूँ) जिसके डंठल सिगरेट की तरह जलते हैं और फूंके जा सकते हैं।

हमने ऐसे डंठल खोजे और उन्हें सिगरेट की तरह फूंकने लगे, लेकिन इससे हमें संतोष न हुआ। अपनी पराधीनता हमें अखरने लगी। हमें

दुःख इस बात का था कि बड़ों की आज्ञा के बिना हम कुछ भी नहीं कर सकते थे। हम ऊब गए और हमने आत्महत्या करने का फैसला कर डाला!

"पर आत्महत्या कैसे करें? जहर कौन देगा? हमने सुना कि धतूरे के बीज खाने से मृत्यु हो जाती है। हम जंगल में जा कर धतूरे के बीज ले आए। शाम का समय तय किया। केदारनाथ जी के मंदिर में दीप माला में घी चढ़ाया, भगवान के दर्शन किए और सुनसान जगह की तलाश की, लेकिन जहर खाने की हिम्मत न आई। अगर तुरंत मृत्यु न हुई तो क्या होगा? मरने से लाभ क्या? क्यों न पराधीनता ही सह ली जाए? फिर भी दो-चार बीज खाए। अधिक बीज खाने की हिम्मत ही न हुई। हम दोनों ही मौत से डरे और तय किया कि राम जी के मंदिर में दर्शन करके शांत हो जाएं और आत्महत्या करने की बात भूल जाएं।

"मैं इस बात को समझ पाया कि मन में आत्महत्या का विचार लाना कितना आसान है और सचमुच आत्महत्या करना कितना मुश्किल। इसलिए जब कोई आत्महत्या करने की धमकी देता है तो मुझ पर उसका बहुत कम असर होता है या यह भी कहा जा सकता है कि बिलकुल भी नहीं होता।

आत्महत्या के इस विचार का नतीजा ये हुआ कि हम दोनों की सिगरेट चुरा कर पीने की और नौकरों की जेब से पैसे चुरा कर सिगरेट फूंकने की आदत जाती रही। बड़े होकर सिगरेट पीने की कभी इच्छा ही नहीं हुई। मैं हमेशा यही मान कर चलता रहा कि सिगरेट पीने की आदत जंगली, गंदी और नुकसानदायक है। मैं आज तक इस बात को समझ नहीं सका हूँ कि पूरी दुनिया में सिगरेट-बीड़ी पीने या

धूम्रपान करने का इतना शौक क्यों है? रेलगाड़ी के जिस डिब्बे में सिगरेट पी जाती है, उसमें बैठना मेरे लिए कठिन हो जाता है और धुएं से मेरा दम घुटने लगता है।

"सिगरेट के ठूंठ चुराने और इस सिलसिले में नौकर की जेब से पैसे चुराने का दोषी तो मैं हूँ ही, एक और चोरी का जो दोष हुआ मुझसे, मैं उसे ज्यादा गम्भीर मानता हूँ।

सिगरेट पीने के दोष के समय मेरी उम्र बारह या तेरह बरस की रही होगी। शायद इससे भी कम हो। दूसरी चोरी के समय मेरी उम्र पंद्रह बरस के आसपास थी। यह चोरी मेरे मांसाहारी भाई के सोने के कड़े के एक टुकड़े की थी। उन पर मामूली-सा, लगभग पच्चीस रुपये का कर्ज हो गया था।

हम दोनों भाई इस बात को लेकर परेशान थे कि ये कर्ज कैसे चुकाया जाए। मेरे भाई के हाथ में खरे सोने का कड़ा था। उसमें से एक तोला सोना काट लेना मुश्किल न था। कड़ा काटा। कर्ज चुकाया गया। लेकिन मेरे लिए यह बात सहन करना आसान न था। मैंने तय किया कि आगे से कभी चोरी नहीं करूंगा। मुझे ऐसा भी लगा कि पिताजी के सामने जा कर अपना गुनाह भी कबूल कर लेना चाहिए। लेकिन जुबान ही न खुले।

इस बात का डर तो था ही नहीं कि पिताजी पिटेंगे। इस बात की कोई याद नहीं थी कि कभी उन्होंने किसी भाई को पीटा-वीटा हो। लेकिन खुद तो दुःखी होंगे ही ना! शायद सिर फोड़ लें! मैंने यह सोचा कि यह जोखिम उठाते हुए भी अपने दोष को कबूल करना ही होगा। इसके बिना शुद्धि नहीं होगी।

"आखिर मैंने तय किया कि एक पत्र लिख कर अपना दोष स्वीकार कर लिया जाए और माफी मांग ली जाए। मैंने पत्र लिख कर उन्हें हाथों-हाथ थमा दिया। पत्र में मैंने सब दोष स्वीकार किए और सजा मांगी।

आग्रहपूर्वक यह विनती भी की कि वे अपने आपको दुःख में न डालें और भविष्य में ऐसा अपराध फिर न करने की प्रतिज्ञा की। मैंने कांपते हाथों से पत्र पिताजी के हाथ में थमाया। मैं उनके तख्त के सामने बैठ गया। उन दिनों वे भगंदर के रोग से पीड़ित थे। इस कारण बिस्तर पर ही पड़े रहते थे। खटिया के बदले तख्त से काम लेते थे।

"उन्होंने पत्र पढ़ा। उनकी आंखों से मोती टपकने लगे। पत्र भीग गया। उन्होंने पल भर के लिए आंखें मूंदी, पत्र फाड़ डाला। पत्र पढ़ने के लिए वे उठे थे, वापिस लेट गए।

"मैं भी रोया। पिताजी का दुःख समझ सका। यदि मैं चित्रकार होता तो उस पल का सम्पूर्ण चित्र बना सकता था। वह दृश्य आज भी मेरी आंखों के सामने जस का

तस झिलमिला रहा है। मोती की बूंदों के उस प्रेम बाण ने मुझे भेध डाला। मैं शुद्ध हो गया। इस प्रेम को तो वही जान सकता है, जिसे इसका अनुभव हुआ हो। राम की भक्ति का बाण जिसे लगा हो, वही जान सकता है। मेरे लिए ये अहिंसा का साक्षात् पाठ था।

उस समय तो मैंने इसमें पिता के प्रेम के अतिरिक्त कुछ न देखा। परंतु आज मैं इसे शुद्ध अहिंसा के नाम से पहचान सकता हूँ। ऐसी अहिंसा जब विराट रूप धारण कर लेती है तो उसके स्पर्श से कौन बच सकता है। ऐसी विराट अहिंसा की थाह लेना असंभव है।

"ऐसी शांत क्षमा पिता के स्वभाव के प्रतिकूल थी। मैं तो ये मान कर चल रहा था कि वे गुस्सा होंगे, कड़वे बोल बोलेंगे, शायद सिर भी फोड़ें, लेकिन उन्होंने जिस तरह से अपार शांति धारण की, मेरे विचार से उसके पीछे अपराध की सरल स्वीकृति थी। जो व्यक्ति अधिकारी के सामने स्वेच्छा से और निष्कपट भाव से अपने दोष को स्वीकार कर लेता है और फिर कभी वैसा अपराध न करने की प्रतिज्ञा करता है, तो वह शुद्धतम प्रायश्चित करता है।

"मैं जानता हूँ कि इस स्वीकृति से पिताजी मेरे बारे में निर्भय बने और मेरे प्रति उनका असीम प्रेम और भी बढ़ गया।"

हिन्दी दिवस

हिन्दी दिवस भी हमारा राष्ट्रीय पर्व है। इस दिन विभिन्न शासकीय-अशासकीय कार्यालयों, शिक्षा संस्थाओं आदि में विविध गोष्ठियों, सम्मेलनों, प्रतियोगिताओं तथा अन्य कार्यक्रमों का आयोजन किया जाता है। कहीं-कहीं 'हिन्दी पखवाडा' तथा राष्ट्रभाषा सप्ताह इत्यादि भी मनाए जाते हैं। दरअसल, राष्ट्रभाषा प्रचार समिति, वर्धा के अनुरोध पर सन् 1953 से संपूर्ण भारत में 14 सितंबर को प्रतिवर्ष हिन्दी दिवस के रूप में मनाया जाता है। हिन्दी विश्व में सर्वाधिक बोली जाने वाली भाषाओं में से एक है और अपने आप में एक समर्थ भाषा है। प्रकृति से यह उदार ग्रहणशील, सहिष्णु और भारत की राष्ट्रीय चेतना की संवाहिका है।

विश्व की एक प्राचीन, समृद्ध तथा महान भाषा होने के साथ ही हिन्दी हमारी राजभाषा भी है, अतः इसके प्रति अपना प्रेम और सम्मान प्रकट करने के लिए ऐसे आयोजन स्वाभाविक ही हैं, परन्तु, दुःख का विषय यह है कि समय के साथ-साथ ये आयोजन केवल औपचारिकता मात्र बनते जा रहे हैं।

भारत की स्वतंत्रता के बाद 14 सितंबर, 1949 को संविधान सभा

हिन्दी भाषा हमारा
इसका सम्मान करना चाहिए

ने एक मत से यह निर्णय लिया कि हिन्दी की खड़ी बोली ही भारत की राजभाषा होगी। पंडित जवाहरलाल नेहरु ने संविधान सभा में 13 सितम्बर, 1949 के दिन बहस में भाग लेते हुए तीन प्रमुख बातें कही थीं –

किसी विदेशी भाषा से कोई राष्ट्र महान नहीं हो सकता। कोई भी विदेशी भाषा आम लोगों की भाषा नहीं हो सकती।

भारत के हित में, भारत को एक शक्तिशाली राष्ट्र बनाने के हित में, ऐसा राष्ट्र बनाने के हित में जो अपनी आत्मा को पहचाने, जिसे आत्मविश्वास हो, जो संसार के साथ सहयोग कर सके, हमें हिन्दी को अपनाना चाहिए।

जवाहरलाल नेहरु की बहस 12 सितम्बर, 1949 को चार बजे दोपहर में शुरू हुई और 14 सितंबर, 1949 के दिन समाप्त हुई। 14 सितम्बर की शाम बहस के समापन के बाद भाषा संबंधी संविधान का तत्कालीन भाग 14 क और वर्तमान भाग 17, संविधान का भाग बन गया।

संविधान सभा की भाषा विषयक बहस लगभग 278 पृष्ठों में मुद्रित हुई। इसमें डॉ. कन्हैयालाल माणिकलाल मुंशी और श्री गोपाल स्वामी आयंगर की महती भूमिका रही थी। बहस के बाद यह सहमति बनी कि संघ की भाषा हिन्दी और लिपि देवनागरी होगी, किंतु देवनागरी में लिखे जाने वाले अंकों तथा अंग्रेजी को 15 वर्ष या उससे अधिक अवधि तक प्रयोग करने के लिए तीखी बहस हुई। अन्ततः आयंगार-मुंशी फार्मूला भारी बहुमत से स्वीकार हुआ। वास्तव में अंकों को छोड़कर संघ की राजभाषा के प्रश्न पर अधिकतर सदस्य सहमत हो गए। अंकों के बारे में भी यह स्पष्ट था कि अंतर्राष्ट्रीय अंक भारतीय अंकों का ही एक नया संस्करण है। कुछ सदस्यों ने रोमन लिपि के पक्ष में प्रस्ताव रखा, लेकिन देवनागरी को ही अधिकतर सदस्यों ने स्वीकार किया।

हिन्दी भाषा

स्वतन्त्र भारत की राजभाषा के प्रश्न पर काफी विचार-विमर्श के बाद यह निर्णय लिया गया, जो भारतीय संविधान के भाग 17 के अध्याय की धारा 343 (1) में इस प्रकार वर्णित है –

संघ की राजभाषा हिन्दी और लिपि देवनागरी होगी। संघ के राजकीय प्रयोजनों के लिए प्रयोग होने वाले अंकों का रूप अंतर्राष्ट्रीय रूप होगा।

आज भारत-भाषा हिन्दी भविष्य में विश्व-वाणी बनने के पथ पर अग्रसर है। विश्व के सर्वाधिक शक्तिशाली राष्ट्र अमेरिका के राष्ट्रपति बराक ओबामा एकाधिक अवसरों पर अमेरीकियों को हिन्दी सीखने के लिए सचेत करते हुए कह चुके हैं कि 'हिन्दी सीखे बिना भविष्य में काम नहीं चलेगा। यह सलाह अकारण ही नहीं है। भारत को उभरती हुई विश्व-शक्ति के रूप में सकल विश्व में जाना जा रहा है। संस्कृत तथा उस पर आधारित हिन्दी को ध्वनि-विज्ञान और दूर संचारी तरंगों के माध्यम से अंतरिक्ष में अन्य सभ्यताओं को सन्देश भेजे जाने की दृष्टि से सर्वाधिक उपयुक्त पाया गया है।'

बाल दिवस

बाल दिवस प्रत्येक 14 नवंबर को भारत के प्रथम प्रधानमंत्री जवाहरलाल नेहरु के जन्म दिवस के रूप में मनाया जाता है। 'बाल दिवस' पर जगह-जगह समाराहों का आयोजन किया जाता है। पं. जवाहर लाल नेहरु को 'चाचा नेहरु' कहा जाता था और उन्हें बच्चों से बहुत प्यार था। बच्चों के उज्ज्वल भविष्य के लिए 'बाल दिवस' स्कूलों तथा अन्य

संस्थाओं में धूमधाम से मनाया जाता है। बच्चे जवाहर लाल नेहरु को चाचा इसलिए कहते थे, क्योंकि बच्चों को चाचा जितना प्यारा कोई नहीं होता। बाप से डरते हैं, दादा-दादी किस्से-कहानी तो सुना सकते हैं, लेकिन आइसक्रीम खिलाने, घुमाने नहीं ले जा सकते, लेकिन चाचू, उनकी पीठ पर चढ़ सकते हैं, खेल सकते हैं, सीख सकते हैं, वो शिक्षक भी है और दोस्त भी। भारत में यह दिन स्वतंत्र भारत के पहले प्रधानमंत्री पंडित जवाहरलाल नेहरु के जन्मदिन 14 नवंबर को मनाया जाता है। कहा जाता है कि पंडित नेहरु बच्चों से बेहद प्यार करते थे इसलिए बाल दिवस मनाने के लिए उनका जन्मदिन चुना गया। असल में बाल दिवस की नींव 1925 में रखी गई थी, जब बच्चों के कल्याण पर विश्व कांफ्रेंस में बाल दिवस मनाने की सर्वप्रथम घोषणा हुई।

1954 में दुनिया भर में इसे मान्यता मिली। संयुक्त राष्ट्र ने यह दिन 20 नवंबर के लिए तय किया, लेकिन अलग अलग देशों में यह अलग दिन मनाया जाता है। कुछ देश 20 नवंबर को भी बाल दिवस मनाते हैं। 1950 से 'बाल संरक्षण दिवस' यानी 1 जून भी कई देशों में बाल दिवस के रूप में मनाया जाता है। यह दिन इस बात की याद दिलाता है कि हर बच्चा खास है और बच्चों के बेहतर भविष्य के लिए उनकी मूल जरूरतों और पढ़ाई-लिखाई की जरूरतों का पूरा होना बेहद जरूरी है। यह दिन बच्चों को उचित जीवन दिए जाने की भी याद दिलाता है।

चाचा नेहरु भारत के पहले प्रधानमंत्री थे और तीन मूर्ति भवन प्रधानमंत्री का सरकारी निवास था। एक दिन तीन मूर्ति भवन के

बगीचे में लगे पेड़-पौधों के बीच से गुजरते हुए घुमावदार रास्ते पर नेहरु जी टहल रहे थे। उनका ध्यान पौधों पर था। वे पौधों पर छाई बहार देखकर खुशी से निहाल हो ही रहे थे तभी उन्हें एक छोटे बच्चे के रोने की आवाज सुनाई दी।

नेहरु जी ने आसपास देखा तो उन्हें पेड़ों के बीच एक-दो माह का बच्चा दिखाई दिया जो दहाड़ मारकर रो रहा था। नेहरु जी ने मन ही मन सोचा इसकी माँ कहाँ होगी? उन्होंने इधर-उधर देखा।

वह कहीं भी नजर नहीं आ रही थी। चाचा ने सोचा शायद वह बगीचे में ही कहीं माली के साथ काम कर रही होगी। नेहरु जी यह सोच ही रहे थे कि बच्चे ने रोना तेज कर दिया। इस पर उन्होंने उस बच्चे की माँ की भूमिका निभाने का मन बना लिया।

नेहरु जी ने बच्चे को उठाकर अपनी बाँहों में लेकर उसे थपकियाँ दीं, झुलाया तो बच्चा चुप हो गया और मुस्कुराने लगा। बच्चे को मुस्कुराते देख चाचा खुश हो गए और बच्चे के साथ खेलने लगे। जब बच्चे की माँ दौड़ते वहाँ पहुँची तो उसे अपनी आँखों पर विश्वास नहीं हुआ। उसका बच्चा नेहरु जी की गोद में मंद-मंद मुस्कुरा रहा था। ऐसे ही एक बार जब पंडित नेहरु तमिलनाडु के दौरे पर गए तब जिस सड़क से वे गुजर रहे थे वहाँ वे लोग साइकिलों पर खड़े होकर तो कहीं दीवारों पर चढ़कर नेताजी को निहार रहे थे। प्रधानमंत्री की एक झलक पाने के लिए हर आदमी इतना उत्सुक था कि जिसे जहाँ समझ आया वहाँ खड़े होकर नेहरु को निहारने लगा। इस भीड़भरे इलाके में नेहरुजी ने देखा कि दूर खड़ा एक गुब्बारे वाला पंजों के बल खड़ा डगमगा रहा था।

ऐसा लग रहा था कि उसके हाथों के तरह-तरह के रंग-बिरंगी

गुब्बारे मानो पंडित जी को देखने के लिए डोल रहे हो। जैसे वे कह रहे हों हम तुम्हारा तमिलनाडु में स्वागत करते हैं। नेहरु जी की गाड़ी जब गुब्बारे वाले तक पहुँची तो गाड़ी से उतरकर वे गुब्बारे खरीदने के लिए आगे बढ़े तो गुब्बारे वाला हक्का-बक्का-सा रह गया।

नेहरुजी ने अपने तमिल जानने वाले सचिव से कहकर सारे गुब्बारे खरीदवाए और वहाँ उपस्थित सारे बच्चों को वे गुब्बारे बँटवा दिए। ऐसे प्यारे चाचा नेहरु को बच्चों के प्रति बहुत लगाव था। नेहरु जी के मन में बच्चों के प्रति विशेष प्रेम और सहानुभूति देखकर लोग उन्हें चाचा नेहरु के नाम से संबोधित करने लगे और जैसे-जैसे गुब्बारे बच्चों के हाथों तक पहुँचे बच्चों ने चाचा नेहरु-चाचा नेहरु की तेज आवाज से वहाँ का वातावरण उल्लासित कर दिया। तभी से वे चाचा नेहरु के नाम से प्रसिद्ध हो गए।

नेहरु जी के जीवन की एक और घटना इस प्रकार है। एक दिन उनके पिताजी ने उनसे पूछा, "सुना है तुमने अपने जेब खर्च के पैसे किसी लड़के को दे दिए।"

"जी पिताजी।"

"क्यों?"

"वह बालक बहुत गरीब था।"

"गरीब तो सारा देश है, फिर तो इस आनंद भवन को बेचकर जो धन मिले उसे गरीबों में बांट दो।"

"हां यह तो बहुत अच्छा रहेगा।"

"अच्छा!" पिता अपने पुत्र की बातों पर हंस दिया था, "अच्छा बताओ वह लड़का गरीब क्यों है।"

"उसके माता-पिता नहीं हैं।"

"ओह! अनाथ है, फिर तो अच्छा किया जो उसकी मदद की।"

"उसके माता-पिता नहीं हैं, लेकिन वह अनाथ नहीं है।"

"यह क्या पहेली बुझा रहे हो।"

"दरअसल, उसके माता-पिता दोनों क्रांतिकारी थे, अंग्रेजों ने उन्हें बंदी बनाकर काला पानी भेज दिया है।"

"शाबाश।"

यह पुत्र-पिता जो वार्तालाप कर रहे थे और कोई नहीं बल्कि मोतीलाल नेहरु और उनके पुत्र जवाहरलाल नेहरु थे।

जवाहरलाल नेहरु के पिता मोतीलाल ने पिंजरे में एक तोता पाल रखा था। एक दिन जवाहर ने तोते को पिंजरे से आजाद कर दिया। मोतीलाल को तोता बहुत प्रिय था। उसकी देखभाल एक नौकर करता था। नौकर ने यह बात मोतीलाल को बता दी। मोतीलाल ने जवाहर से पूछा, "तुमने तोता क्यों उड़ा दिया?"

जवाहर ने कहा, "पिताजी पूरे देश की जनता आजादी चाह रही है। तोता भी आजादी चाह रहा था, सो मैंने उसे आजाद कर दिया।" मोतीलाल जवाहर का मुंह देखते रह गए।

बालक जवाहरलाल जब इंग्लैंड में हैरो स्कूल में प्रविष्ट हुए तो वहाँ का वातावरण विचित्र था। यद्यपि वहां बड़े-बड़े व्यक्तियों के बच्चे पढ़ते थे, किन्तु सभी को अपना काम स्वयं करना पड़ता था। नेहरु जी ने भी इसी आदत को अपनाया।

एक दिन पिताश्री मोतीलाल नेहरु उनसे मिलने गए, तो क्या देखते हैं कि जवाहरलाल अपने जूतों पर पालिश कर रहे हैं। मोतीलाल को

यह बहुत बुरा लगा, वे बोले, “यह तुम क्या कर रहे हो? तुम इतने बड़े बाप के बेटे हो और अपने जूते स्वयं पालिश कर रहे हो। इस काम के लिए एक नौकर रख लो।”

“पिताजी इस काम में बुराई क्या है?” जवाहरलाल ने कहा, “हर व्यक्ति को अपना काम स्वयं करना चाहिए।”

यह सुनते ही मोतीलाल बिगड़ गए एवं आदेश दिया कि इस काम के लिए तत्काल नौकर रखा जाए। जवाहरलाल नेहरु ने निरीक्षक महोदय से प्रार्थना की कि उन्हें जूते साफ करने के लिए एक नौकर दिया जाए। उत्तर मिला, “प्रत्येक व्यक्ति को अपना काम स्वयं करना चाहिए।”

और साथ ही उन्हें यह मांग प्रस्तुत करने पर एक सप्ताह तक दूसरे सभी छात्रों के जूते साफ करने का दण्ड दिया गया। अगली बार जब मोतीलाल नेहरु उनसे भेंट करने आए तो ढेरों जूते साफ करते देख बोले, “यह सब क्या है? मैंने तुम्हें अपने जूते साफ करने के लिए नौकर रखने को कहा था, किन्तु तुम सभी के जूते साफ कर रहे हो?”

इस पर जवाहरलाल ने सारा वृत्तांत सुना दिया और कहा, “प्रत्येक व्यक्ति को अपना काम स्वयं करना चाहिए।”

जवाहरलाल नेहरु का जन्म इलाहाबाद में एक धनाढ्य वकील मोतीलाल नेहरु के घर हुआ था। उनकी मां का नाम स्वरूपरानी नेहरु था। वह मोतीलाल नेहरु के इकलौते पुत्र थे। इनके अलावा मोतीलाल नेहरु को तीन पुत्रियां थीं। नेहरु कश्मीरी वंश के सारस्वत ब्राह्मण थे। नेहरु जी कालांतर में स्वतंत्र भारत के प्रथम प्रधानमन्त्री बने।

आज भी चाचा नेहरु के इस देश में लगभग 5 करोड़ बच्चे बाल

श्रमिक हैं। जो चाय की दुकानों पर नौकरों के रूप में, फैक्ट्रियों में मजदूरों के रूप में या फिर सड़कों पर भटकते भिखारी के रूप में नजर आ ही जाते हैं। इनमें से कुछेक ही बच्चे ऐसे हैं, जिनका उदाहरण देकर हमारी सरकार सीना ठोककर देश की प्रगति के दावे को सच होता बताती है।

यही नहीं, आज देश के लगभग 53.22 प्रतिशत बच्चे शोषण का शिकार हैं। इनमें से अधिकांश बच्चे अपने रिश्तेदारों या मित्रों के शोषण का शिकार हैं। अपने अधिकारों के प्रति अनभिज्ञता व अज्ञानता के कारण ये बच्चे शोषण का शिकार होकर जाने-अनजाने कई अपराधों में लिप्त होकर अपने भविष्य को अंधकारमय बना रहे हैं।

बचपन आज भी भोला और भावुक ही होता है, लेकिन हम उन पर ऐसे-ऐसे तनाव और दबाव का बोझ डाल रहे हैं कि वे कुम्हला रहे हैं। उनकी खनकती-खिलखिलाती किलकारियाँ बरकरार रहे, इसके ईमानदार प्रयास हमें ही तो करने हैं। देश के ये गुलाबी नवांकुर कोमल बचपन की यादें सहेजें, इसके लिए जरूरी है कि हम उन्हें कठोर और क्रूर नहीं बल्कि मयूरपंख-सा लहलहाता बचपन दें।

चाचा नेहरु को दो बातें बहुत पसंद थी – पहली वे अपनी शेरवानी की जेब में रोज गुलाब का फूल रखते थे और दूसरी वे बच्चों के प्रति बहुत ही मानवीय और प्रेमपूर्ण थे। यह दोनों ही बातें उनमें कोमल हृदय है इस बात की सूचना देते हैं। बच्चों को वैसे ही लोग प्रिय हैं, जो गुलाब या कमल के समान हो।

राष्ट्रीय बाल भवन, मानव संसाधन और विकास मंत्रालय द्वारा पूर्ण रूप से वित्त पोषित एक स्वायत्तशासी संस्था है, जो स्कूली शिक्षा

और साक्षरता विभाग के तहत कार्य करती है। इन संस्थानों का गठन बच्चों को विभिन्न गतिविधियों, अवसरों एवं आम बातचीत, प्रयोग करने और प्रदर्शन करने के लिए एक मंच उपलब्ध कराकर उनकी रचनात्मक क्षमता को बढ़ाने के उद्देश्य से किया गया है। पंडित जवाहर लाल नेहरु के द्वारा बाल भवन केन्द्र के विचार की कल्पना की गई। उनका मानना था कि औपचारिक शिक्षा व्यवस्था से बच्चों के व्यक्तित्व के समग्र विकास की गुंजाइश काफी कम है और बाल भवन एक ऐसी जगह है जो बच्चे के संपूर्ण विकास का वातावरण पेश करके इस अंतर को कम कर सकता है। वर्तमान में राष्ट्रीय बाल भवन से सम्बद्ध 68 राज्य बाल भवन तथा 10 बाल केन्द्र हैं।

शिक्षक दिवस

शिक्षक दिवस गुरु की महत्ता बताने वाला प्रमुख दिवस है। भारत में शिक्षक दिवस प्रत्येक वर्ष 5 सितम्बर को मनाया जाता है। शिक्षक का समाज में आदरणीय व सम्माननीय स्थान होता है। भारत के द्वितीय राष्ट्रपति डॉक्टर सर्वपल्ली राधाकृष्णन के जन्म दिवस और उनकी स्मृति के उपलक्ष्य में मनाया जाने वाला शिक्षक दिवस एक पर्व की तरह है, जो शिक्षक समुदाय के मान-सम्मान को बढ़ाता है। बच्चो, हम पहले राधाकृष्ण के गौरवशाली बचपन से आपको अवगत कराते हैं। चलिए तो शुरुआत एक कथा से करते हैं।

दो बालक विद्यालय में पढ़ने के लिए जा रहे थे। रास्ते में एक बगीचा पड़ता था, जिसमें बहुत से बंदर रहते थे। उस दिन जब वे बगीचे के बीच में पहुंचे तो बंदरों के एक झुण्ड ने अचानक उनको घेर लिया।

बंदरों के आक्रामक रुख को देखकर दोनों बालक भागने लगे। उन्हें भागता देखकर बंदर भी उनके पीछे-पीछे दौड़ने लगे। एक युवा संन्यासी ने जब यह दृश्य देखा तो चिल्लाया, “भागो मत रुको और बंदरों का सामना करो।”

हमारा
शिक्षक दिवस

वे रुक गए और बंदरों को ललकारने लगे। बंदर अंततः पेड़ों पर चढ़ गए। उस संन्यासी ने उन बालकों को कहा, "एक दिन मैं भी बंदरों को देखकर भागा था और एक वृद्ध संन्यासी ने मुझे भी ऐसा ही कहा था जैसा मैंने तुम्हें कहा। और बंदर उस दिन भी भाग गए थे और आज भी भाग गए।"

"स्वामी जी अब हम समझ गए कि विपत्ति से नहीं भागना चाहिए।" एक बालक ने कहा।

तो स्वामी जी ने दूसरे बालक से पूछा, "तो तुम्हें क्या शिक्षा मिली?"

"मुझे शिक्षा मिली है कि जो ज्ञान हम अर्जित करते हैं वह हमें अपने पास नहीं रखना चाहिए और दूसरों को प्रदान कर देना चाहिए, ताकि और दूसरे लोगों का कल्याण हो।"

बालकपन में ज्ञान और कल्याण की बात करने वाला यह बालक आगे चलकर एक दिन महान दार्शनिक बना और भारतीय धर्म, दर्शन और संस्कृति पर विख्यात इस महान पुरुष के विचार आधुनिक संसार को प्रेरणा देने वाले सिद्ध हुए। इनका नाम था डॉ. सर्वपल्लि राधाकृष्णन्, जो उस दिन के बाद स्वामी विवेकानंद का परम् भक्त बन गया था और उनके भाषणों को सुनने जाने लगा था। क्योंकि, जिन संत ने इन्हें कहा था कि भागो मत रुको, वह और कोई नहीं बल्कि स्वयं स्वामी विवेकानंद ही थे।

डॉ. राधाकृष्णन् का जन्म 5 सितम्बर, 1888 को आन्ध्र-प्रदेश के तिरुतणि नामक गांव में हुआ था। डॉ. राधाकृष्णन् आगे चलकर भारतीय गणतन्त्र के दूसरे राष्ट्रपति बने। उनके पिता वीरस्वामी पुरोहिताई

करते थे, साथ ही शिक्षण का कार्य भी करते थे। कहना न होगा कि डॉ. राधाकृष्णन् को धर्म व शिक्षण के कार्य उत्तराधिकार में प्राप्त हुए। परिवार में उन्हें धार्मिक वातावरण मिला। पिता ने ही बालक राधाकृष्णन् को अक्षर-ज्ञान दिया। बारह वर्ष की आयु तक वह गांव में ही रहे। उनकी शिक्षा का आरम्भ मिशनरी स्कूल से हुआ। राधाकृष्णन् बाल्यकाल से ही संयमी व मेधावी थे। पढ़े हुए का मन-ही-मन विश्लेषण करना उन्हें विशेष रूप से प्रिय था। ईसाई धर्म-प्रचारकों के साथ ने अंग्रेजी भाषा पर असाधारण अधिकार की क्षमता प्रदान की।

इस प्रकार हम कह सकते हैं कि पूर्व व पश्चिमी सभ्यताओं के अनुपम मिश्रण के बीच उन्होंने शिक्षा ग्रहण की। उन्होंने अन्य लोगों की भांति ईसाई धर्म की हिन्दू धर्म पर श्रेष्ठता की इच्छा को कभी बल नहीं दिया, बल्कि ईसाइयों की अपने धर्म के प्रति निष्ठा और त्याग देखकर वह हिन्दू धर्म की ओर तीव्र गति से आकर्षित हुए। इस तरह माता-पिता द्वारा दिए गए भारतीय संस्कारों की अमिट छाप कभी भी धूमिल नहीं हुई।

डॉक्टर सर्वपल्लि राधाकृष्णन् का बाल्यकाल तिरुतणि एवं तिरुपति जैसे धार्मिक स्थलों पर ही व्यतीत हुआ। इन्होंने प्रथम आठ वर्ष तिरुतणि में ही गुजारे। यद्यपि इनके पिता पुराने विचारों के इंसान थे और उनमें धार्मिक भावनाएं भी थीं, इसके बावजूद उन्होंने राधाकृष्णन् को क्रिश्चियन मिशनरी संस्था लुथर्न मिशन स्कूल, तिरुपति में 1896-1900 के मध्य विद्याध्ययन के लिए भेजा। फिर अगले 4 वर्ष (1900 से 1904) की शिक्षा वेल्लूर में हुई। इसके बाद इन्होंने मद्रास क्रिश्चियन कॉलेज, मद्रास में शिक्षा प्राप्त की। वह बचपन से ही मेधावी थे।

इन 12 वर्षों के अध्ययन काल में डॉक्टर राधाकृष्णन् ने बाइबिल

के महत्त्वपूर्ण अंश भी याद कर लिए। इसके लिए इन्हें विशिष्ट योग्यता का सम्मान प्रदान किया गया। इस उम्र में इन्होंने सावरकर, महर्षि दयानंद सरस्वती और स्वामी विवेकानन्द का भी अध्ययन किया। इन्होंने 1902 में मैट्रिक स्तर की परीक्षा उत्तीर्ण की और इन्हें छात्रवृत्ति भी प्राप्त हुई।

इसके बाद इन्होंने 1904 में कला संकाय परीक्षा प्रथम श्रेणी में उत्तीर्ण की। इन्हें मनोविज्ञान, इतिहास और गणित विषय में विशेष योग्यता की टिप्पणी भी उच्च प्राप्तांकों के कारण मिली। इसके अलावा क्रिश्चियन कॉलेज, मद्रास ने इन्हें छात्रवृत्ति भी दी। बी.ए. के बाद वैकल्पिक विषय का चुनाव करना था। उनका चचेरा भाई दर्शनशास्त्र की पुस्तकें ले आया। उन्होंने उन पुस्तकों को बड़े चाव से पढ़ा। बस, उन्हीं क्षणों में इस भावी दार्शनिक का दिशा-निर्धारण हो गया।

उन्होंने दर्शन शास्त्र में एम.ए. किया और सन् 1916 में मद्रास रेजीडेंसी कॉलेज में दर्शनशास्त्र के सहायक प्राध्यापक नियुक्त हुए। वह प्राध्यापक भी रहे। डॉ. राधाकृष्णन् ने अपने लेखों और भाषणों के माध्यम से विश्व को भारतीय दर्शनशास्त्र से परिचित कराया। सारे विश्व में उनके लेखों की प्रशंसा की गई।

अनेक बार उन्होंने स्वामी विवेकानंद के भाषण सुने। उनके भाषणों के एक-एक शब्द से सच्चे हिन्दू का परिचय मिलता था। डॉ. राधाकृष्णन् उस अनूठे व्यक्तित्व से अभिभूत हो गए और स्वयं हिन्दू होने के स्वाभिमान से भर उठे। स्वामी विवेकानंद के बाद एक वही भारतीय दार्शनिक थे, जिन्होंने हिन्दू धर्म को उचित ढंग से सारी दुनिया के सामने रखा। हिन्दू धर्म में फैली सारी ग़लतफ़हमियां भारत के इस आधुनिक राजर्षि ने ऐसे दूर कर दीं कि पश्चिम के विद्वानों

को हिन्दू-दर्शन के सम्बन्ध में उनका लोहा मानना पड़ा। वे भारतीय संस्कृति के महान ज्ञाता बनकर उभरे।

"स्वामी विवेकानंद के अद्‌भुत साहस व उनकी विद्वत्ता ने हिन्दू धर्म के प्रति मेरे इस अभिमान को जाग्रत किया, जिस पर ईसाई मिशनरियों द्वारा अब तक बराबर आघात किया जाता रहा था।" यह बात उन्होंने स्वयं पर विवेकानंद के प्रभाव के सम्बन्ध में कही थी। ऐसे महान व्यक्ति के जन्म दिन को आज शिक्षक दिवस के रूप में मनाया जाता है।

वैसे हम अपनी संस्कृति का अवलोकन करें तो हिन्दू पंचांग के अनुसार गुरु पूर्णिमा के दिन को गुरु दिवस के रूप में स्वीकार किया गया है। विश्व के विभिन्न देश अलग-अलग तारीखों में शिक्षक दिवस को मानते हैं। बहुत सारे कवियों, गद्यकारों ने कितने ही पन्ने गुरु की महिमा में रंग डाले हैं।

गुरु गोविंद दोउ खड़े काके लागू पाय।
बलिहारी गुरु आपने गोविंद दियो बताय।।

कबीरदास द्वारा लिखी गई उक्त पंक्तियाँ जीवन में गुरु के महत्त्व को वर्णित करने के लिए काफी है। भारत में प्राचीन समय से ही गुरु व शिष्य परंपरा चली आ रही है। गुरुओं की महिमा का वृत्तांत ग्रंथों में भी मिलता है। जीवन में माता-पिता का स्थान कभी कोई नहीं ले सकता, क्योंकि वे ही हमें इस रंगीन खूबसूरत दुनिया में लाते हैं। उनका ऋण हम किसी भी रूप में उतार नहीं सकते, लेकिन जिस समाज में रहना है, उसके योग्य हमें केवल शिक्षक ही बनाते हैं। यद्यपि परिवार को बच्चे के प्रारंभिक विद्यालय का दर्जा दिया जाता है, लेकिन जीने

का असली सलीका उसे शिक्षक ही सिखाता है। समाज के शिल्पकार कहे जाने वाले शिक्षकों का महत्त्व यहीं समाप्त नहीं होता, क्योंकि वह न सिर्फ विद्यार्थी को सही मार्ग पर चलने के लिए प्रेरित करते हैं, बल्कि उसके सफल जीवन की नींव भी उन्हीं के हाथों द्वारा रखी जाती है।

आदर तथा धन्यवाद देने के लिए एक दिन निर्धारित है, जो कि 5 सितंबर को शिक्षक दिवस के रूप में जाना जाता है। सिर्फ धन को देकर ही शिक्षा हासिल नहीं होती, बल्कि अपने गुरु के प्रति आदर, सम्मान और विश्वास, ज्ञानार्जन में बहुत सहायक होता है। शिक्षक दिवस कहने-सुनने में तो बहुत अच्छा प्रतीत होता है, लेकिन क्या हम इसके महत्त्व को समझते हैं। शिक्षक दिवस का मतलब साल में एक दिन अपने शिक्षक को भेंट में दिया गया एक गुलाब का फूल या कोई भी उपहार नहीं है और यह शिक्षक दिवस मनाने का सही तरीका भी नहीं है। यदि शिक्षक दिवस का सही महत्त्व समझना है तो सर्वप्रथम हमेशा इस बात को ध्यान में रखें कि आप एक छात्र हैं और उम्र में अपने शिक्षक से काफी छोटे हैं और फिर हमारे संस्कार भी तो यही सिखाते हैं कि हमें अपने से बड़ों का आदर करना चाहिए। अपने गुरु का आदर-सत्कार करना चाहिए। हमें अपने गुरु की बातों को ध्यान से सुनना और समझना चाहिए।

संत कबीर के शब्दों से भारतीय संस्कृति में गुरु के उच्च स्थान की झलक मिलती है। भारतीय बच्चे प्राचीन काल से ही आचार्य देवो भवः का बोध-वाक्य सुनकर ही बड़े होते हैं। माता-पिता के नाम के कुल की व्यवस्था तो सारे विश्व के मातृ या पितृ सत्तात्मक समाजों में चलती है, परन्तु गुरुकुल का विधान भारतीय संस्कृति की अनूठी विशेषता है। कच्चे घड़े की भांति स्कूल में पढ़ने वाले विद्यार्थियों को

जिस रूप में ढालो, वे ढल जाते हैं। वे स्कूल में जो सीखते हैं या जैसा उन्हें सिखाया जाता है, वे वैसा ही व्यवहार करते हैं। उनकी मानसिकता भी कुछ वैसी ही बन जाती है, जैसा वह अपने आस-पास होता देखते हैं। सफल जीवन के लिए शिक्षा बहुत उपयोगी है, जो गुरु द्वारा प्रदान की जाती है। गुरु का संबंध केवल शिक्षा से ही नहीं होता, बल्कि वह तो हर मोड़ पर अपने छात्र का हाथ थामने के लिए तैयार रहता है। उसे सही सुझाव देता है और जीवन में आगे बढ़ने के लिए प्रेरित करता है।

शिक्षक उस माली के समान है, जो एक बगीचे को भिन्न-भिन्न रूप-रंग के फूलों से सजाता है। जो छात्रों को कांटों पर भी मुस्कुराकर चलने को प्रोत्साहित करता है। उन्हें जीने की वजह समझाता है। शिक्षक के लिए सभी छात्र समान होते हैं और वह सभी का कल्याण चाहता है। शिक्षक ही वह धुरी होता है, जो विद्यार्थी को सही-गलत व अच्छे-बुरे की पहचान करवाते हुए बच्चों की अंतर्निहित शक्तियों को विकसित करने की पृष्ठभूमि तैयार करता है।

वह प्रेरणा की फुहारों से बालक रूपी मन को सींचकर उनकी नींव को मजबूत करता है तथा उसके सर्वांगीण विकास के लिए उनका मार्ग प्रशस्त करता है। किताबी ज्ञान के साथ नैतिक मूल्यों व संस्कार रूपी शिक्षा के माध्यम से एक गुरु ही शिष्य में अच्छे चरित्र का निर्माण करता है। एक ऐसी परंपरा हमारी संस्कृति में थी, इसलिए कहा गया है कि

गुरु ब्रह्मा, गुरुर्विष्णु गुरुर्देवो महेश्वरः।
गुरुः साक्षात् परब्रह्म तस्मैः श्री गुरुवेः नमः।

कई ऋषि-मुनियों ने अपने गुरुओं से तपस्या की शिक्षा को पाकर जीवन को सार्थक बनाया। एकलव्य ने द्रोणाचार्य को अपना मानस गुरु मानकर उनकी प्रतिमा को अपने समक्ष रख धनुर्विद्या सीखी। यह उदाहरण प्रत्येक शिष्य के लिए प्रेरणादायक है।

गुरु-शिष्य परंपरा भारत की संस्कृति का एक अहम और पवित्र हिस्सा है, जिसके कई स्वर्णिम उदाहरण इतिहास में दर्ज हैं। लेकिन वर्तमान समय में कई ऐसे लोग भी हैं, जो अपने अनैतिक कारनामों और लालची स्वभाव के कारण इस परंपरा पर गहरा आघात कर रहे हैं। शिक्षा जिसे अब एक व्यापार समझकर बेचा जाने लगा है, किसी भी बच्चे का एक मौलिक अधिकार है, लेकिन अपने लालच को शांत करने के लिए आज तमाम शिक्षक अपने ज्ञान की बोली लगाने लगे हैं। इतना ही नहीं वर्तमान हालात तो इससे भी बदतर हो गए हैं, क्योंकि शिक्षा की आड़ में कई शिक्षक अपने छात्रों का शारीरिक और मानसिक शोषण करने को अपना अधिकार ही मान बैठे हैं। किंतु कुछ ऐसे गुरु भी हैं, जिन्होंने हमेशा समाज के सामने एक अनुकरणीय उदाहरण पेश किया है। प्रायः सख्त और अक्खड़ स्वभाव वाले यह शिक्षक अंदर से बेहद कोमल और उदार होते हैं।

हो सकता है कि किसी छात्र के जीवन में कभी ना कभी एक ऐसे गुरु या शिक्षक का आगमन हुआ हो, जिसने उसके जीवन की दिशा बदल दी या फिर जीवन जीने का सही ढंग सिखाया हो।

रोचक तथ्य यह भी है कि शिक्षक दिवस दुनिया भर में मनाया जाता है, लेकिन सबने इसके लिए एक अलग दिन निर्धारित किया है। कुछ देशों में इस दिन अवकाश रहता है, तो कहीं-कहीं यह कामकाजी दिन ही रहता है।

यूनेस्को ने 5 अक्टूबर को अन्तरराष्ट्रीय शिक्षक दिवस घोषित किया था। साल 1994 से ही इसे मनाया जा रहा है। शिक्षकों के प्रति सहयोग को बढ़ावा देने और भविष्य की पीढ़ियों की आवश्यकताओं को पूरा करने के लिए शिक्षकों के महत्व के प्रति जागरूकता लाने के मकसद से इसकी शुरुआत की गई थी।

चीन में 1931 में नेशनल सेंट्रल यूनिवर्सिटी में शिक्षक दिवस की शुरुआत की गई थी। चीन सरकार ने 1932 में इसे स्वीकृति दी। बाद में 1939 में कन्फ्यूशियस के जन्मदिवस, 27 अगस्त को शिक्षक दिवस घोषित किया गया, लेकिन 1951 में इस घोषणा को वापस ले लिया गया।

साल 1985 में 10 सितम्बर को शिक्षक दिवस घोषित किया गया। अब चीन के ज्यादातर लोग फिर से चाहते हैं कि कन्फ्यूशियस का जन्म दिवस ही शिक्षक दिवस हो।

रूस में 1965 से 1994 तक अक्टूबर महीने के पहले रविवार के दिन शिक्षक दिवस मनाया जाता रहा। साल 1994 से विश्व शिक्षक दिवस 5 अक्टूबर को ही मनाया जाने लगा।

अमेरिका में मई के पहले पूर्ण सप्ताह के मंगलवार को शिक्षक दिवस घोषित किया गया है और वहाँ सप्ताह भर इसके आयोजन होते हैं। थाइलैंड में हर साल 16 जनवरी को राष्ट्रीय शिक्षक दिवस मनाया जाता है। यहाँ 21 नवंबर, 1956 को एक प्रस्ताव लाकर शिक्षक दिवस को स्वीकृति दी गई थी। पहला शिक्षक दिवस 1957 में मनाया गया था। इस दिन यहाँ स्कूलों में अवकाश रहता है।

ईरान में वहाँ के प्रोफेसर अयातुल्लाह मोर्तेजा मोतेहारी की हत्या

के बाद उनकी याद में 2 मई को शिक्षक दिवस मनाया जाता है। मोतेहारी की 2 मई, 1980 को हत्या कर दी गई थी।

तुर्की में 24 नवंबर को शिक्षक दिवस मनाया जाता है। वहाँ के पहले राष्ट्रपति कमाल अतातुर्क ने यह घोषणा की थी।

मलेशिया में शिक्षक दिवस 16 मई को मनाया जाता है, वहाँ इस खास दिन को हरि गुरु कहते हैं।

किसान दिवस

23 दिसम्बर बेशक विश्व के लिए उतना महत्व न रखता हो, लेकिन भारत के लिए यह तारीख बहुत अहम है। किसान मसीहा एवं देश के पूर्व प्रधानमंत्री चौधरी चरण सिंह के जन्मदिन की याद में 23 दिसम्बर को किसान दिवस के रूप में मनाया जाता है।

पूर्व प्रधानमंत्री चरण सिंह को किसानों के अभूतपूर्व विकास के लिए याद किया जाता है। चौधरी चरण सिंह की नीति किसानों व गरीबों को ऊपर उठाने की थी। उन्होंने हमेशा यह साबित करने की कोशिश की कि बगैर किसानों को खुशहाल किए देश व प्रदेश का विकास नहीं हो सकता।

उत्तर प्रदेश के किसान चरण सिंह को अपना मसीहा मानने लगे थे। उन्होंने समस्त उत्तर प्रदेश में भ्रमण करते हुए कृषकों की समस्याओं का समाधान करने का प्रयास किया। कृषकों में सम्मान होने के कारण चरण सिंह कोई चुनाव नहीं हारे।

चौधरी चरण सिंह राजनीति में स्वच्छ छवि रखने वाले इंसान थे। वह अपने समकालीन लोगों के समान गांधीवादी विचारधारा में यकीन रखते थे। स्वतंत्रता प्राप्ति के बाद गांधी टोपी को कई बड़े नेताओं

ने त्याग दिया था, लेकिन चौधरी चरण सिंह इसे जीवन पर्यन्त धारण किए रहे। लोगों का मानना था कि चरण सिंह से राजनीतिक गलतियां हो सकती हैं, लेकिन चारित्रिक रूप से उन्होंने कभी कोई गलती नहीं की। उनमें देश के प्रति वफादारी का भाव था। वह कृषकों के सच्चे शुभचिन्तक थे।

किसान हर देश की प्रगति में विशेष सहायक होते हैं। एक किसान ही है जिसके बल पर देश अपने खाद्यान्नों की खुशहाली को समृद्ध कर सकता है। देश में राष्ट्रपिता गांधी जी ने भी किसानों को ही देश का सरताज माना था। लेकिन देश की आजादी के बाद ऐसे नेता कम ही देखने में आए जिन्होंने किसानों के विकास के लिए निष्पक्ष रूप में काम किया। ऐसे नेताओं में सबसे अग्रणी थे देश के पूर्व प्रधानमंत्री चौधरी चरण सिंह। चौधरी चरण सिंह को किसानों के अभूतपूर्व विकास के लिए याद किया जाता है।

चौधरी चरण सिंह की नीति किसानों के अलावा दलित और मजदूरों के लिए भी वरदान साबित हुई, यही कारण है कि बाद में वे सारे भारत के किसानों व मजदूरों के एकछत्र नेता बन गए थे।

चौधरी चरण सिंह ने किसानों की खुशहाली के लिए खेती पर बल दिया था। किसानों को उपज का उचित दाम मिल सके इसके लिए भी वह गंभीर थे। उनका कहना था कि भारत का संपूर्ण विकास तभी होगा जब किसान, मजदूर, गरीब सभी खुशहाल होंगे।

किसानों के मसीहा चौधरी चरण सिंह का जन्म उत्तर प्रदेश में बाबूगढ़ छावनी के निकट नूरपुर गांव, तहसील हापुड़, जनपद गाजियाबाद, कमिश्नरी मेरठ में काली मिट्टी के अनगढ़ और फूस के छप्पर वाली मढ़ैया में 23 दिसम्बर,1902 को हुआ। चौधरी चरण सिंह

के पिता चौधरी मीर सिंह ने अपने नैतिक मूल्यों को विरासत में चरण सिंह को सौंपा था। चौधरी साहब ने किसानों, पिछड़ों और गरीबों की राजनीति की। उन्होंने खेती और गाँव को महत्व दिया।

वह ग्रामीण समस्याओं को गहराई से समझते थे और अपने मुख्यमंत्रित्व तथा केन्द्र सरकार के वित्तमंत्री के कार्यकाल में उन्होंने बजट का बड़ा भाग किसानों तथा गांवों के पक्ष में रखा था। वे जातिवाद को गुलामी की जड़ मानते थे और कहते थे कि जाति प्रथा के रहते बराबरी, संपन्नता और राष्ट्र की सुरक्षा नहीं हो सकती है। आजादी के बाद चौधरी चरण सिंह पूर्णतः किसानों के लिए लड़ने लगे।

चौधरी चरण सिंह की मेहनत के कारण ही "जमींदारी उन्मूलन विधेयक" साल 1952 में पारित हो सका। इस एक विधेयक ने सदियों से खेतों में खून-पसीना बहाने वाले किसानों को जीने का मौका दिया। दृढ़ इच्छा शक्ति के धनी चौधरी चरण सिंह ने प्रदेश के 27000 पटवारियों के त्यागपत्र को स्वीकार कर 'लेखपाल' पद का सृजन कर नई भर्ती करके किसानों को पटवारी आतंक से मुक्ति तो दिलाई ही, प्रशासनिक धाक भी जमाई। लेखपाल भर्ती में 18 प्रतिशत स्थान हरिजनों के लिए चौधरी चरण सिंह ने आरक्षित किया था।

कांग्रेस के लाहौर अधिवेशन में पूर्ण स्वराज का प्रस्ताव पारित हुआ था, जिससे प्रभावित होकर युवा चौधरी चरण सिंह राजनीति में सक्रिय हो गए।

उन्होंने गाजियाबाद में कांग्रेस कमेटी का गठन किया। 1930 में जब महात्मा गांधी ने सविनय अवज्ञा आंदोलन का आह्वान किया तो उन्होंने हिंडन नदी पर नमक बनाकर उनका साथ दिया। जिसके लिए उन्हें जेल भी जाना पड़ा। वे जीवन-पर्यन्त किसानों के हकों के लिए संघर्ष करते

रहे। उनके द्वारा तैयार किया गया जमींदारी उन्मूलन विधेयक राज्य के कल्याणकारी सिद्धांत पर आधारित था।

एक जुलाई 1952 को यूपी में उनकी बदौलत जमींदारी प्रथा का उन्मूलन हुआ और गरीबों को अधिकार मिला। किसानों के हित में उन्होंने 1954 में उत्तर प्रदेश भूमि संरक्षण कानून को पारित कराया। वे 3 अप्रैल 1967 को उत्तर प्रदेश के मुख्यमंत्री बने। 17 अप्रैल 1968 को उन्होंने मुख्यमंत्री के पद से इस्तीफा दे दिया।

मध्यावधि चुनाव में उन्होंने अच्छी सफलता मिली और दोबारा 17 फरवरी 1970 में वे मुख्यमंत्री बने। उसके बाद वे केन्द्र सरकार में गृहमंत्री बने तो उन्होंने मंडल और अल्पसंख्यक आयोग की स्थापना की।

1979 में वित्त मंत्री और उपप्रधानमंत्री के रूप में राष्ट्रीय कृषि व ग्रामीण विकास बैंक नाबार्ड, की स्थापना की। 28 जुलाई 1979 को चौधरी चरण सिंह समाजवादी पार्टियों तथा कांग्रेस (यू) के सहयोग से प्रधानमंत्री बने। आज भी चरण सिंह को लाल बहादुर शास्त्री की तरह एक ईमानदार नेता के रूप में याद किया जाता है।

●●●

प्रश्नोत्तरी

1. हमारा देश कब स्वतंत्र हुआ?
   (अ) 15 अगस्त 1947 (ब) 2 मार्च 2024
   (स) 26 जनवरी 1950 (द) 1 अप्रैल 1970

2. भारत के पहले प्रधानमंत्री कौन थे?
   (अ) महात्मा गांधी (ब) चरण सिंह
   (स) नेताजी सुभाष (द) पंडित जवाहरलाल नेहरु

3. पूर्ण स्वराज्य का प्रस्ताव कब रखा गया?
   (अ) 1947 में (ब) 1843 में
   (स) 1927 में (द) 2014 में

4. भारत का संविधान कितने दिन में बना?
   (अ) 2 साल 11 महीने 18 दिन (ब) दो दिन
   (स) एक साल (द) पचास साल

5. गांधी जयंती कब मनाई जाती है?
   (अ) 2 अक्टूबर (ब) 15 अगस्त
   (स) 26 जनवरी (द) 5 सितंबर

6. गांधी जी का पूरा नाम क्या था?

(अ) महात्मा गांधी (ब) नेहरु

(स) मोहनदास कर्मचंद गांधी (द) कर्मचंद

7. हिन्दी दिवस कब मनाया जाता है?

(अ) 14 सितंबर को (ब) 15 अगस्त

(स) 5 मार्च (द) 26 जनवरी

8. बाल दिवस किस महान व्यक्ति का जन्मदिन है?

(अ) चाचा नेहरु का (ब) इंदिरा गांधी का

(स) लाल बहादुर शास्त्री का (द) राजेंद्र प्रसाद का

9. शिक्षक दिवस कब मनाया जाता है?

(अ) 5 सितंबर (ब) 15 अगस्त

(स) 2 मार्च (द) 25 जनवरी

10. किसान दिवस किस नेता के जन्मदिन पर मनाया जाता है?

(अ) सरदार पटेल (ब) नेहरु

(स) सुभाष (द) चरण सिंह

उत्तर

1. अ 2. द 3. स 4. अ 5. अ 6. स 7. अ 8. अ 9. अ 10. द